AF475553

MÉNAGERIE

DE

Th. le MILOA

COLLIGÉE PAR

Camille CHABERT

Précédée d'une
seconde notice autobiographique, et d'un **Avant-Propos**
par CAMILLE CHABERT
et suivie d'une notice bibliographique

PARIS
LIBRAIRIE LEON VANIER, EDITEUR
A. MESSEIN, Succr
19, QUAI SAINT-MICHEL, 19
MCMIII

LA MÉNAGERIE

DU MÊME AUTEUR

Ont paru :

Poèmes *transcrits en* **Proses.**

A paraître :

Le Cas de la Petite.
Félajosse.
Le Journal d'un Pion.

En préparation :

Les JosephPrudhommiques.
Th. le Milca.
Un Cochon.
Monsieur Bofis, maire de sa commune.
Les Noces Funèbres.
Les Lapins de Mascouillasse.
Souvenirs d'un Répétiteur.

LA MÉNAGERIE

DE

Th. le MILOA

COLLIGÉE PAR

Camille CHABERT

Précédée d'une
seconde notice autobiographique, et d'un **Avant-Propos**
par CAMILLE CHABERT
et suivie d'une notice bibliographique

PARIS
LIBRAIRIE LÉON VANIER, EDITEUR
A. MESSEIN, Succr
19, QUAI SAINT-MICHEL, 19
MCMIII

Cette édition ne sera pas réimprimée

EN OUTRE DES 900 EXEMPLAIRES ORDINAIRES, IL A ÉTÉ TIRÉ :

7 exemplaires sur japon, numérotés de 1 à 7 et signés ;
42 exemplaires sur hollande, numérotés de 8 à 49.

Ces exemplaires de luxe ne sont pas destinés à être mis dans le commerce.

JUSTIFICATION DU TIRAGE :

N° 

TH. LE MILCA

Il y a trois ans il m'écrivait, en m'envoyant ces pages, intéressantes seulement par « l'acuité d'observation et la verve concise (*) » :

. . . .

« ... C'est à croire, vraiment, que le *Fatum* antique, la Fatalité inexorable, autant que cruelle, et inepte, pèse, de sa main lourde, et incessante, sur certains êtres.

« Du bagne familial, subi durant qua-

(*) *Le mot est de* M. FÉLIX FÉNÉON.

tre ans dès ma sixième année, je fus transféré en le bagne collégial, — que je passai en l'inconscience du fieffé cancre que je fus jusqu'à mes quatorze printemps, insipides ; puis, jusqu'à mes dix-neuf ans, en un travail ininterrompu, mais volontaire.

« La vie d'internat n'était, certes ! point agréable : je m'imaginai, d'après les ouvrages de M. Paschal Grousset, qu'elle aurait pu être moins maussade.

« C'est pourquoi, astreint — provisoirement, je supposais, — au bagne répétitoral, je voulus que mes élèves profitassent de l'expérience acquise. Mais je me vis en butte, au bout de quelques jours, aux tracasseries de *marchands de soupe* qui n'aimaient guère la bonne entente entre *le pion* et ses élèves. Et ces derniers me haïrent d'autant plus qu'ils se sentaient soutenus, dans leur haine imbécile de petits bourgeois, par l'administration, à l'esprit jésuitique.

« Puis, survint le bagne militariste : dix mois de souffrances morales, inimaginables ; au bout desquels j'allais retomber en le pionicat.

« Je préférai parfaire mes trois ans de services en uniforme, afin d'être délivré des dix ans d'enseignement : cela, contre la volonté de mes parents, et malgré les conseils de mes protecteurs, et les ricanements de mes camarades de chambrée.

« Et l'on me vit, moi, *nihilien*, rester en l'infâme caserne, propagatrice de siphilis, faiseuse d'alcooliques, tueuse d'énergies...

«... Il me fallut, pourtant, réintégrer le répétitorat. J'y restai deux ans.

« Ah ! que furent ces deux années, après la déchéance de la livrée à pantalons rouge sale ! ces deux années ! recommencement incessant de mes sept premiers mois d'un métier exaspérant ? — Peut-être le dirai-je un jour.

«... Enfin ! me voilà libéré de ces successifs bagnes...

«... pour continuer, lâchement, à subir la géhenne ignoble de la vie...

« Ah ! *not to have been !...* »

. . . .

J'ai tenu à ce que ce document, douloureux, préfaciât ces inconscients bourreaux silhouettés par lui.

CAMILLE CHABERT.

AVANT-PROPOS

*
* *

JACOB LE PION

Tête d'Israélite, quoique antijuif (1). — L'air vieux, quoique dans sa vingtième année. — Pion pour son malheur, quoique apte à d'autres destinées.

(1) *A l'époque — 1894 — où furent écrits les portraits qui vont suivre, Th. le Milca était, et se disait* antijuif, *non point au point de vue de M. Edouard Drumont, pour qui l'origine juive est un* criterium *suffisant à susciter le mépris et la haine, — mais, sim-*

Nez bourbon très prononcé. — Yeux profonds. — Barbe en bouc très nourrie.

A vécu, par la pensée. — Jeune d'espé-

plement, parce qu'il trouvait néfaste le Veau d'Or, qu'il plaçait dans le cœur de certain juif notoire.

Actuellement, Th. le Milca ne se dirait plus antijuif, *parce que* l'Affaire *mondiale de ces derniers temps a changé pour lui la signification qualificative du mot.*

Certains hommes actuels, d'origine sémite, font honneur à l'Humanité, au même titre que d'autres, d'origine aryenne ou celtique; et il se rencontre, parmi les pratiquants de n'importe quelles religions, beaucoup plus de malhonnêtes gens, intentionnellement malhonnêtes, que parmi les fervents libre-penseurs et ceux qui s'affirment athées.

Et, — pour ne citer que quelques contemporains, — des hommes comme M. Mécislas Golberg, au génie apte à tout comprendre;

rance et d'amour. — D'une timidité ridicule. Fantasque de caractère. — L'abord hirsute. — Un peu fou.

comme M. Alcanter de Brahm, cet ironiste de la vie ; comme M. Camille Dreyfus, ce savant probe ; comme M. Bernard Lazare, au talent incontesté ; comme le distingué philologue M. Salomon Reinach ; comme M. Alfred Naquet, qui a rompu quelque peu le carcan matrimonial ; comme M. Gustave Kahn, le poète de la pensée libre, prouvent que l'origine sémite ne veut pas dire : âpre au gain, métier louche, ou bien banquier véreux, — ainsi que l'admet tout lecteur de « La Libre Parole », et feignait de l'admettre tout adhérent à la Patrie Française.

Parmi les descendants des Juifs se rencontrent les mêmes qualités de cœur, les mêmes largeurs d'esprit, et les mêmes fières volontés, que parmi toutes autres descendances.

Ce sont des hommes, comme nous. Et il

L'ensemble mystique — et mystérieux.

Signe particulier : — Jamais n'a connu le bonheur.

ne dépendait pas de nous que nos parents ne se crussent astreints à l'idiote coutume du baptême chrétien. — C.C.

PREMIÈRE SÉRIE

à Jean Laran.

I

ANTHIÉ

Un qui a la *flemme*, jamais pressé. Joues grasses, longues ; tête grosse, de comprenoir difficile. Grande similitude avec l'animal qui s'appelle le bœuf. Même entêtement. Dix-sept ans, en quatrième moderne.

N'aime pas son pion : d'abord qui le sépara de son *pays* Hurgonade, avec lequel il ne travaillait pas et causait constamment ; puis manqua, par un rapport où son cher Hurgonade était aussi, le faire rester jusqu'au dimanche les congés du Mardi-Gras.

II

BERGOUNIAUD

Cheveux noirs, crépus. Gentil garçon, mais aime le tapage, et faire rigoler les autres, au dortoir surtout.

A une sœur, une brune attirante, et qu'on peut voir à volonté, en allant au « Café de l'Equateur », où elle trône au comptoir.

N'a point l'attitude première, polie, à l'égard de son pion ; qui, il y a bien trois semaines, n'a point été prendre l'apéritif en sa compagnie, car les jeudis et les dimanches il fait le patron, son père — divorcé — surveillant le cercle de jeux, au premier.

III

BOUTECÉ

Plein de suffisance : en philosophie. Court, gros, trapu : très fort en escrime, roula supérieurement Brouyatte à la représentation de la Saint-Charlemagne. S'occupe des exercices physiques, doit être nommé président de la Société en vue du Lendit.

Intelligent. Trouvant sans doute infâme la position de pion, à côté du riche négociant heureux qu'il aspire être, méprise son répétiteur.

IV

BOURCESSE

Un autre plein de suffisance : en philosophie. De profil, un Peau Rouge avec sa tête en pain de sucre et son nez proéminent.

Intelligent, hypocrite. Méprise aussi son répétiteur, par définition le pion étant l'ennemi, pense-t-il probablement : son mauvais vouloir fut d'ailleurs justifié ultérieurement par la menace reproduite deux fois de le mettre à la porte : il continuait à causer.

V

BROUSTIL

Un grand, agencé d'un appendice nasal, — pané. Bête. Des habits clairs pour la saison.

Le regardant à travers les interstices de ses doigts, croit ne pas être vu par son pion, et agit ainsi que la perdrix qui espère, sa tête sous une motte, ne point être aperçue du chasseur. — Croit son répétiteur idiot, et lui très rusé. Dix-huit ans : troisième moderne.

VI

BRUNAT

Grand, air bête, mais qui trompe ; — étant un contemplatif, a le regard du bœuf. Pas méchant, — ses camarades en profitent.

A le tort de déranger son répétiteur — en ne se gênant pas, mais pas du tout, quand il parle avec son camarade Désusse, — ce qui arrive les trois quarts de l'étude.

VII

BUMELY

Anglais. Cheveux blonds foncés.

Intelligence moyenne. Fait du tapage — et du zèle aussitôt qu'il voit que son pion s'en aperçoit.

Éprouve de la difficulté à trouver ses mots, — ce qui le fait croire bègue.

VIII

CLERQUET

Pas très intelligent — mais s'occupe toujours.

Ne faisant jamais aucun chahut : une pâte ! selon l'expression du pion des *moyens*. — Une moule ! selon celle de son répétiteur.

IX

DES LÉSINIERS

Beau garçon.

Fils de banquier, — intelligence moyenne, — travaille ; — arriva les premiers jours en bottes molles.

Un des élèves les plus polis avec son pion. — Bon élève — si sa voix n'était pas sifflante en faisant les problèmes en commun avec son voisin Yvert.

A pour surnom celui de « Parpaliol ».

X

DES PATIS

Air intelligent, — mais travaille peu. — Mauvais caractère. — Sait se moquer, par ses regards ou ses réflexions, de son pion, sans que celui-ci puisse l'en punir. — Le regarde, sourcils froncés, comme une bête curieuse.

A été flanqué une fois à la porte de l'étude.

XI

DÉSUSSE

Grande figure, un nez au milieu, de grands yeux qui louchent, — regard portant à faux par conséquent, — ce qui au premier abord — vu la persistance de ses regards — fit présumer à son pion que la personne elle-même était fausse, — assertion qu'il vérifia fausse d'ailleurs, à l'user.

Bon caractère, bon enfant. Fut envoyé chez le patron dès les premiers jours de l'arrivée du nouveau pion, avec pour motif : « Le regarde insolemment et constamment, et réplique à l'observation, » — alors qu'il ne le regardait que parce qu'il le croyait idiot.

Signe particulier : — A les larmes faciles, « pleurant comme un veau », — selon l'expression du principal.

DEUXIÈME SÉRIE

à Léon Bourrel,
son ami
CAMILLE CHABERT.

XII

DUHAMEAU

Un bûcheur s'il en fut. Mais dissipé énormément en dehors les heures d'étude, Moqueur, toujours un sourire gouailleur aux coins des lèvres. « Qui se gêne se fait mal », le second soir de l'arrivée du nouveau pion, en janvier, comme il se couchait : « Hé !... il fait froid !... » l'apostropha-t-il.

Un autre jour lui cacha son parapluie, et le blagua quand il s'en aperçut. Mais fut collé de sortie pour, en ville, avoir quitté les rangs sans permission — première punition que le *patron* n'ait pas levée depuis trois mois.

Allures assez bizarres à l'égard du pion depuis l'affaire du parapluie.

XIII

FEILLETAT

Bon élève, s'il s'abstenait de parler du village, en étude, avec son *pays* Vinessente. Sensible aux mauvaises notes avant de les recevoir.

Figure grêle, corps élancé.

XIV

FONTESSET

Un rasant les pions ses jours de sortie : ne peuvent s'en dépêtrer qu'en faisant mine de rentrer au collège.

Un pince-sans-rire rare ; mais assez bête au fond. Bègue, et, conséquence, assommant, le plus souvent, par sa conversation.

Un de ceux qui font le plus de chahut dans la dernière affaire de son répétiteur.

XV

GRABEL

Le plus bête de la ménagerie, celui à qui ses camarades font faire tout ce qu'ils veulent, que ses compaings poussent à toutes les bêtises, de qui sont nées les rigueurs du pion à l'égard de l'étude entière, qui fait le plus de chahut bête.

Pas rares, les fois qu'il est survenu avec l'écriteau classique fixé sur son dos! Pas des masses sont les faits intelligents de lui.

En fin de compte a droit à la plus étendue commisération de la part de son maître, la cause ne lui pouvant être imputée.

Quand donc ne fera-t-on plus de gosses !

XVI

GRANETTE

Un *rhétoricien* : vivant les deux premiers mois en dehors de ses camarades, parlant en promenade au pion qui la faisait.

Invita une fois, pour Pâques, son répétiteur à aller passer une journée avec lui chez ses parents ; réitéra son invite devant un de ses amis.

Dans ses conversations aime dire ses petites affaires, surtout sa dernière chute de cheval.

Pensait abuser — sans doute croyant être à honneur pour son pion de jouir de sa conversation si intéressante — de sa quasi familiarité pour faire tout ce qui lui plaisait en étude.

Rabroué, quand le dompteur jugea à propos de serrer la vis à la suite de la boulette, désormais l'élève le plus chahuteur, le voyou le plus insolent à son égard.

Beau garçon, un peu fat. — Par ses camarades qui lui montent dessus dénommé « Baluchon ».

XVII

HERMANN

Un exilé en l'étude des *Grands* : de cinquième moderne. Le pion des *moyens* n'en pouvait être maître. Noyé parmi des gens sérieux, ou réputés tels, il n'osait presque bouger : d'ailleurs, dès qu'il essayait de placer un mot, de se lever pour aller au casier : « Hermann ! venez ici, près de mon bureau ! » — « Mais, Monsieur ! qu'est-ce que je fais ? » d'une voix de *girl* ingénue. — « Hermann ! ouvrez la porte et la franchissez ! » — « Mais, Monsieur ! je n'ai rien fait pour être mis à la porte ! » d'une voix pleurnicharde. — « Hermann ! venez prendre un billet, et le portez à M. le surveillant général !... S'il le faut, je vous enverrai chez M. le Principal ! » — Expérience faite de la progression, il s'arrêta d'abord à la mise à la porte ; puis à la mise au *piquet* ; — enfin ne bougea pas plus qu'une image.

Point satisfait de la façon d'agir à son égard de la part du dompteur, demanda au surveillant général être réintégré en l'étude des *moyens*.

XVIII

HURGONADE

Tête comme le poing et toute ronde.

Sale caractère. Impliqué dans l'affaire des *sèches* grillées en la promenade avant le mardi gras, veut sans nul doute beaucoup de mal à son pion ; — sans nul doute parce que absent depuis.

Son pion fut obligé de le changer de place, s'étant mis de lui-même auprès d'Anthié, son *pays*.

Somnambule.

XIX

JALETTE

Un bûcheur; mais a, ou plutôt avait l'immense tort de faire entendre sa voix d'un bout à l'autre de l'étude quand il demandait un renseignement à ses voisins, de même classe, Granette et Marty.

Taches de son, cheveux couleur sale.

Un de ceux non contents de la nouvelle manière de procéder de son pion.

XX

LACAHOUDE

Un vétéran de rhétorique. — Hypocrite raffiné : un des meneurs — moraux — dans la dernière affaire ; jamais pris en faute.

Air distingué et ironique. Quatre jours durant, à l'arrivée du nouveau pion, le regarda constamment, et pour ce fait fut averti qu'il aurait une mauvaise note de politesse, terreur de tous.

Très intelligent, mais le pion pour lui

doit être mis en quarantaine — quand le besoin de se faire lever quelque note ne se fait pas sentir.

Répond à « Lacahüde » pour ses intimes.

XXI

LASELLUC

Petit merdeux étonnamment fier d'être des *Grands*. Ne fout rien : si, il lit : « La Bicyclette », le « Vélo » et le « Cycle-Sport ».

Parents riches, front déprimé, mâchoire supérieure et racines du nez très proéminentes, *égale* crétinisme.

XXII

LORAIN

Un taillé en hercule : grand, gros, — certains de ses camarades, à voix basse seulement, finissent la trinité qualificative du bon tambour major. Son pion le considère bon garçon, pas méchant — malgré son rôle en dernier lieu dans l'affaire de la boulette ; mais était poussé à bout, son exubérance parleuse ne pouvant plus se donner libre carrière.

Signe particulier : — N'aspire pas au baccalauréat.

TROISIÈME SÉRIE

à Edmond Garrigues.

XXIII

MAISTRET

Excellent élève, pas chahuteur à l'étude, ni s'abrutissant sur les livres de classe. Dédaignait pourtant les dernières rigueurs de son pion.

Très intelligent, lit énormément, et a de très bonnes notes. Très fort en caricature.

Tête point banale, si un peu plus de mouvement, un peu moins de timidité. Cheveux très noirs avec, sur le côté gauche, une fleur assez large et très nette de cheveux roux.

Est le fils du patron du « Château » — ou de son régisseur.

Va se promener en yacht, lui appartenant, le dimanche.

XXIV

MARTY

Grande bête. Sans raison aucune un de ceux qui cherchaient le plus à couler son pion, dernièrement. Grosses mâchoires et pommettes saillantes.

XXV

MACEY

Un calicot qui pose. L'air efféminé, teint pâle, gestes paresseux.

Ne travaille pas ; certaines études reste sa serviette ouverte devant lui, son chapeau dessus, et rêve, à rien, — rêve sans fin, entrecoupé parfois de grandes mimiques à l'adresse de quelqu'un au bout de l'étude.

En cour toujours fourré avec les petits.

XXVI

MOUREL

Un petit, très gentil, l'air éveillé. Mais causeur acharné.

Est désolé quand son pion lui met de mauvaises notes, ce qui arrive plus souvent qu'à son tour.

XXVII

PEYROUD

Le seul qui n'ait pas fait le moindre chahut à son pion au cours de la dernière affaire. Mais semble se rattraper maintenant.

A son actif avait la sympathie de son répétiteur dès la première heure, et l'a encore. Malgré ses gamineries semble ne point faire mentir la réciproque.

Excessivement brun. Phthisique.

Partit pour quinze jours, et ne rentra

qu'au bout d'un mois et demi, devant arriver toujours le lendemain.

Caricaturiste : un jeudi fut volé dans les grands prix par son pion à l'instant où il allait se payer sa tête.

XXVIII

PROULEAU

Un autre petit, assez gentil. Très intelligent, mais guère travailleur.

Se laisse chahuter, par Zizi, — son cousin, paraît-il.

XXIX

ROUDAT

Bûche assez, ne dérange guère. Pas sympathique au premier abord, — et peu dans la suite.

XXX

SOBARI

Une nouvelle recrue de deux jours, le pion des moyens ne pouvant le garder. Le pire voyou, à froid, quand il s'y met. Mais son pion a décidé de procéder à son égard comme pour le jeune Hermann.

Tête petite, en pain de sucre. Hypocrite, très.

XXXI

TUSTARO

Type italien. Très brun, pommettes très saillantes. Toujours rieur. Bon élève.

XXXII

VITESSIER

Avec Des Pâtis les deux que le dompteur déteste le plus depuis la dernière affaire, à cause de leur hypocrisie. Ils s'en sont aperçus, d'ailleurs ; aussi ne bronchent-ils pas ; et demandent-ils des permissions — parfois refusées — d'un air rampant.

Tête XVIIIe siècle. Très voyou. Fait l'important : il est un *Grand !*

XXXIII

VINESSENTE

Fils d'instituteur : en a la tête. — Borgne : on dirait qu'il a une épaule plus haute que l'autre, qu'il a une jambe plus longue que sa voisine, qu'il avance un côté de son buste avant l'autre moitié, — et n'a, ne fait rien de tout cela.

Causeur acharné avec son voisin Feilletat.

Craint les mauvaises notes avant qu'elles soient distribuées.

XXXIV

YVERT

« La Moule », selon le professeur de septième. En *math élem*, a subi deux colles.

Dénommé Zizi, — de son prénom. Des camarades racontent, du gentil Prouleau et de lui, que... qui... bref, des choses... Il est de fait que, avant Pâques, sans doute influencés par l'approche du printemps, leur commerce vu était dégoûtant.

Tête de morue avec de nombreuses taches de rousseur. Pas attirant, au contraire. Mauvais caractère.

FIN

BIBLIOGRAPHIE

BIBLIOGRAPHIE

—

En juin 1901 parut une petite plaquette de 48 pages, ayant pour titre :

Poèmes *de*
Th. le Milca
transcrits en Proses *par*
Camille Chabert.

Cette plaquette, tirée à 130 exemplaires [1], *— savoir :*

14 exemplaires, sur vergé, numérotés de 1 à 14, et signés ;

1. En souscription chez M. Camille Chabert, 5, rue Delambre, Paris (XIVe arrondissement).

16 exemplaires, sur vélin, numérotés de 15 à 30, et signés ;

100 exemplaires, sur satiné, numérotés de 31 à 130 ;

— ne doit pas être réimprimée.

En outre de ces exemplaires, non mis dans le commerce, il avait été tiré un certain nombre d'autres sur papier ordinaire, destinés au service de presse.

Ce service, incomplètement fait, — pour des raisons indépendantes de la volonté de M. Camille Chabert, — valut pourtant à l'ouvrage qu'on annonçât sa parution dans quelques journaux et revues, et à l'auteur quelques lignes de critique, — qui lui causèrent d'autant plus de contentement, qu'elles étaient dues, n'ayant point été payées, seulement à la sincérité de leurs auteurs.

C'est ainsi que M. E. Amyot, critique au Messager de Paris, *ajoute en* post-scriptum *à sa revue des* Livres, *dans le* Messager *du 22 juin :*

«... A cette chronique déjà longue, je de-
« manderai à mes lecteurs la permission d'ajouter
« quelques mots. J'ai reçu ces jours-ci de M. Ca-
« mille Chabert, sous le titre de *Poèmes de Th. de*
« *Milca transcrits en Proses*, une plaquette très
« originale, trop originale peut-être. Ce genre de
« littérature ne me plaît pas beaucoup ; cependant,
« je me permettrai de la signaler à ceux qui ne
« s'effraient pas trop de la forme décadente. Mais
« pourquoi M. Chabert a-t-il imaginé de transcrire
« les poèmes de Th. le Milca en prose ? N'eût-il
« pas mieux valu nous donner simplement des
« vers de son cru ? A mon sens, cela eût été pré-
« férable, car on sent chez l'auteur un tempéra-
« ment poétique qui ne demande qu'à prendre son
« essor et auquel il devrait bien laisser libre cours.

. . . .

C'est ainsi que le critique du Mémorial *de*

la Librairie, *dans le numéro du 1er août, dit :*

« . . . .

« . . . . . Bien que la plupart de ces poèmes « soient dans une note trop risquée pour que nous « puissions en donner l'analyse, nous trouvons « dans ce petit livre quelques morceaux qui méri- « tent d'être cités. Ainsi, *Désespérance* . . . :

« Quel est ce fou, marchant dans la vie, étranger aux autres, étranger à lui-même peut-être, et voyant sa pensée devant lui, son sosie ? En dehors des êtres qui, rangés, vivent la vie de tous ceux croyant être heureux, quel est, solitaire, celui qui, de par sa volonté, se fait à lui-même son malheur ? [Etranger [1] à l'Amour, lampadaire terrestre

1. *La reproduction intégrale des* Proses *contenues dans le volume ayant été interdite par l'auteur, le lecteur sera peut-être heureux de trouver ici les pièces citées en leur entier.*

que chantent les doigtés musicaux, pourquoi pas ce bonheur ?]

« — Je suis, me hurle-t-il, le Prédestiné ! celui qui ne peut se faire sa destinée ! celui aveuglement poussé vers quelque chose ! Vers quoi ? Je ne sais ! Sans doute vers le chaos ! Quel chaos ? Je ne sais ! De moi-même sans doute ! Je suis le fou qui a voulu saisir tout ! et qui se voit saisi lui-même par le tout ! »

Dans La Pie *du 3 août, on annonce la parution de ces*

«... *Poèmes*... transcrits en proses d'une ou-
« trance assez moderne ..... »

Et le poète Marcel Clavié, dans l'Œuvre d'Art International *de décembre, s'exprime ainsi :*

« ... Ces poèmes d'un beau souffle, tout en étant « maladifs et parfois incompréhensibles, ont une « certaine saveur poétique à la lecture. »

Enfin, La Revue Blanche, *en une chronique — tard venue*[1] *— due à la plume autorisée de M. Félicien Fagus, sait fiancer le blâme — même immérité — avec la louange :*

« ... Trivial, brutal, attendri soudain, passant « des fureurs aux pleurs avec la spontanéité ingé« nue de l'enfant ou du sauvage, extasié comme « un sauvage par le choc retentissant des mots, la « tapageuse verroterie des images, ses proses, « vers mis bout à bout par artifice typopraphique, « où la rime éclate avec la justification rien que « sonore, mais sonore éperdument d'un truculent « bout-rimé (on sent qu'il a écrit n'importe quoi « pourvu que cela rimât très fort), il leur procure « ainsi un aspect bellement barbare, bellement ha

1. *15 avril 1902.*

« gard, qui souvent emporte le suffrage, ainsi que « toute violence quand sans restriction ni calcul « elle s'étale jusqu'à l'impudeur candide. Telle « cette pièce de *Belphégor* :

« Belphégor ! au Phallus si puissant que la Femme de Syrie Le préfère à Celui de son époux pour parfaire l'Œuvre Nuptial, trouvé réjouissant ! — Seigneur Ane ! tandis que, Triomphant, Tu entrais dans Babylone, sur l'aire préparée en Ton honneur, pour y faire Ton crottin et donner de l'olifant ! — [à Quoi pensais-Tu ? quand de l'Arménie, Tu transportais les tonneaux de nectar dans les lieux où plus tard vint le Messie ? — et lorsque Tu sentais la main Amie de Quelque Femme exciter, sur le tard, la luxure de Ta Verge Bénie !] »

***

Pour finir, dans la Bonne Lutte *du 13 janvier 1902, au cours d'un article louan-*

geux à l'adresse de M. Alphonse Gallais, et signé M. Guesnon, il est parlé de

« ... Camille Chabert, mélancolique auteur de « proses douloureuses..... »

*
* *

C'est peu, sans doute, et c'est beaucoup, pourtant, si l'on imagine que M. Camille Chabert s'était tenu à l'écart de tous cénacles, qu'il n'a fréquenté jusqu'ici que des artistes, certes! mais hors des coteries littéraires; — afin, jeune, de rester lui-même, afin de ne point être pris, involontairement, par les milieux dits : de Jeunes, *qu'il pressentait mesquins — comme tous les milieux où le* struggle for life *à outrance florit dans toutes ses petitesses.*

Et puisque M. Chabert ne craint pas de mettre sous les yeux du lecteur ce qu'ont pensé de sa prime plaquette les mentalités di-

verses qui viennent d'être mentionnées; que lui soit acco·dée aussi l'autorisation de sincèrement remercier tous ses amis, et en particulier M. Léon Bourrel, des bonnes lettres-critiques qu'ils voulurent bien lui envoyer, dès la parution des Poèmes *transcrits en* Proses.

TABLE DES MATIÈRES

Sorti des presses de M. A. Bussière, *imprimeur, à Saint-Amand (Cher), le dix juillet mil neuf cent trois, pour le compte de* M. A. Messein, *éditeur, Quai St-Michel, 19, à Paris (Ve arrondissement).*

www.ingramcontent.com/pod-product-compliance
Ingram Content Group UK Ltd.
Pitfield, Milton Keynes, MK11 3LW, UK
UKHW020252220726
13923UKWH00002B/899